22924. **Imprimerie particulière**. Noëls Bressands pour Pontdevaux et les paroisses circonvoisines, nouv. édition, revue, corrigée et augmentée de deux Noëls qui n'ont pas encore parus. (Au-dessous armoiries grav. s. bois). A Chambéry, et se trouve à Pondevaux, chez Dominique André, 1787, in-12, br.   35 fr.

Cette édition des Noëls Bressans est le produit de la presse particulière de Charles-Emmanuel Borjon de Scellery, gouverneur de Pont-De-Vaux, qui a imprimé lui-même cette œuvre de son aïeul. Elle n'a été tirée qu'à 25 ou 3o exemplaires, et est tellement rare que Sirand, l'auteur de la *Bibliographie de l'Ain* (p. 35), dit n'avoir pu se la procurer, et ne la signale que d'après « une personne bien informée de la localité ». Le lieu d'impression de Chambéry est supposé et il faut lire Pont-de-Vaux. On trouve en tête un *Avertissement* dans lequel il est dit que l'auteur « les composa en s'amusant dans le sein de sa famille pendant les longues soirées du mois de décembre 1684.. » Cet *Avertissement*, qui n'a pas été reproduit dans l'édition de 1797, imprimée par Moiroud, est signée des initiales : C. E. B. D. S. G. D. P., qui signifient : *Charles-Emmanuel Borjon de Scellery, gouverneur de Pontdevaux*.

NOELS
BRESSANDS
POUR
PONTDEVA
& les Parroisses circonvoisines,

Nouvelle édition, revue, corrigée &
augmentée de deux Noëls qui n'ont pas
encore parus.

A CHAMBERY,

Et se trouve A PONTDEVAUX,
Chez Dominique André.

1787.

AVERTISSEMENT.

LES Noëls, dont je donne aujourd'hui une nouvelle édition, font le fruit de l'ame fenfible & de l'efprit gai de l'auteur, qui les compofa, en s'amufant dans le fein de fa famille, pendant les longues foirées du mois de decembre 1684; mais comme il n'y attachoit pas une grande importance, & que, d'ailleurs il n'imaginoit pas qu'ils duffent jamais être imprimés, il ne s'eft pas géné ; cependant, malgré cette négligence, l'on voit qu'il a conftamment employé les expreffions & les tournures fimples & naïves des chanfons villageoifes prèfque toujours poëtiques & touchantes ; mais incorrectes, & même comiques pour les oreilles de gens qui n'ont point un cœur, auxquels la naïveté ne paroit que la plus infuportable groffiereté. Cette naïveté, fi rare aujourd'hui, étoit, cependant, la marque la moins équivoque de la douceur & de la pureté des mœurs.

Pour conserver ce ton de la simple nature, non encore corrompue par un luxe éffréné, l'auteur ne s'est point assujetti scrupuleusement à l'éxactitude de la rime, il s'est contenté de rimer, à-peu-près, à l'oreille, ainsi que le font les villageois, qui sont censés avoir composés ces Noëls.

Je sais que les puristes & les beaux esprits de ce siècle, s'élèveront, non seulement contre ces prétendus défauts ; mais encore contre les petites plaisanteries simples & naïves répandues dans ces Noëls. C'étoit bien la peine, diront-ils, de se fatiguer l'imagination, pour ne produire que des trivialités dégoutantes, dignes, à-peine, d'être lues par la plus vile populace.

Je conviendrai, avec eux, que cette négligence ne seroit pas tolérable dans un poëme, ou même dans une simple chanson française ; mais ne seroit-il pas ridicule de vouloir que des païfans, qui n'ont reçus d'autre éducation que celle qu'ils tiennent de la nature, n'employent que les rimes les plus riches, & ne fe fervent que des exprèffions les plus élégantes comme des Académiciens, c'eft ce qu'on ne peut raifonnablement éxiger, le ton naïf du village étant diamètralement oppofé au ton brillant de la ville. Cette vérité incontestable, fuffit, feule, pour juftifier l'auteur.

J'avouerai, cependant, que fans trop s'écarter de la fimplicité villageoife, il auroit pu fe négliger moins, je fuis même perfuadé que fon ftile auroit été plus chatié, du moins autant que ce genre peut le permettre, s'il eut prévu que ce badinage dut, un jour, recevoir les honneurs de la prèffe; ce qui n'a eu lieu qu'environ l'an 1738, quoique ces noëls euffent été compofés fur la fin de 1684; mais cette première édition étoit très incorrecte & remplie de fautes tant contre l'idiôme même, que contre l'ortographe.

Arrière-petit-fils de l'auteur, j'ai corrigé ces erreurs sur les manuscrits originaux. J'ai supprimé le noël en langage Maconnois, par la raison que n'ètant pas Bressand, il n'a pas droit d'entrer dans ce recueil; mais je l'ai remplacé par deux autres qui n'ont jamais parus, auxquels, ainsi qu'aux prémiers, je me suis permis de faire quelques changements, en substituant des noms de personnes vivantes à ceux de gens que nous n'avons jamais connus, & qui, depuis long-tems, n'éxistent plus; en un mot, j'ai rajeuni ces noëls, en conservant, néammoins, les tournures & le stile de l'auteur.

je finirai cet avertissement, en prévenant le lecteur sur la prononciation générale de l'idiôme Bressand, sur laquelle j'ai arrangé l'ortographe, pour en faciliter la lecture & l'intelligence.

Ce langage n'admet point de Che ni de Je, on articule Ce & Ze; éxemple, Charbon, Charité, Chemise, Jésus,

Jean, George, &c. on prononce Sarbon, Sarité, Cemife, Zézus, Zan, Zorze, &c. On ferme auſſi prèſque touts les E ouverts, comme Père, Tête, on dit Pére, Téte, &c. Le pluriel n'eſt le plus ſouvent, diſtingué du ſingulier, que par les articles; parceque, dans la prononciation, l'on ne fait point, ou prèſque point de liaiſons, ce qui forme de fréquens hiatus & des éliſions multiplièes, qui rendent ce patois peu propre à la poëſie.

Ce que je viens de dire eſt ſuffiſant pour faciliter aux gens du païs, l'intelligence de ce langage; mais il ſera toujours très-difficilement entendu par les étrangers.

C. E. B. D. S. G. D. P.

NOELS
BRESSANDS.

Noel pour Pontdevaux, fur l'air,
Noël pour l'amour de Marie, &c.

VENI Paifans, veni Noblaiffe,
veni Marfans, veni Borzai,
veni bons habitans de Braiffe,
veni adoré fli grãnd Rai.
  Affetou qu'on fu la novala
de la venia du Rai des Rai,
tui lous habitans de la vela
s'empreffiront de l'alé vai;
mais drai qu'on eu vieu dans l'étoblo
fl'enfan fe mo pré la faifon,

A

lo Comto, qu'eſt bin ſaritoblo,
vinci ly uffri ſa maiſon.

Veni Paiſans, &c.

Lous Sindicos, beletans d'aiſe,
avoui lieu boton à la man,
furont préſenté le ſimaiſes,
& à la mere & à l'enfant.
lous Cordelis & lo Sapitre
ſe préſentiront pre lo vai,
céquie betiront bo lieu mitre,
& s'abaiſſiront devant ſai.

Veni paiſans, &c.

Lo Doyen ſe faiſe na féta
de lo complimenté en var ;
mais il eut ſe mau à la téta,
qu'y ſe levi on pou trop tar.
pre monſe Curaillat lo Santre,
& monſe Drevet Sacriſtain,
furont des premiers y rendre,
& firont lieu z'uffrand'anſain.

Veni paiſans, &c.

Aprés monſe Gonet lo pere,
monſe Belin, monſe marci,
on vieu veni lous dous vecaire,
monſe Gonet & Panneti,
lous quatr'enfans de chœur ſuiviront
avoui lous Aigue-benaiti,
& pi tartou ſe déſſeuſſiront,
& l'adoriront to non pi.

    Veni paiſans, &c.

Tui lous monſieus de la zuſtice
que lo furont vai tot anſain,
preſentiront de le z'épice;
mais lo popon n'en veci point.
Lous Proquereu furont ly faire
offra de na borſa d'arzan,
d'avai biah ſoin de ſou z'affaire,
& de lo gardé des farzans.

    Veni paiſans, &c.

Lous Notéres preſentiront,
pre fair'à lieu to preſent,
& tui enſemble ly promiront
de faire ſon contra pre ran.

Lous Sarzan que velian ly plaire,
furont ly bailli lo bon fai,
& promiront de ne point faire
de commiſſion contre ſai.   veni, &c.

Le reſſes Dames firont faire
dous biaus quertous de ſatin blian,
& firont préſen à la mere,
de na bal'écuela d'arzan.
Pre le dames Houspitalire,
el'uffriront du ratafia ;
mais leu novice fit bin rire,
quand on la vieu ſe mo coaiffia.
     Veni paiſans, &c.

Lous pouvros ne povan po faire
queman lous reſſos des préſens,
vinciron uffri lieu miſére,
& lo Popon en fut content.
Lous reſſos n'omont po l'étoblo,
y n'omont que l'or à foaiſon ;
mais pretant lous pe miſeroblo,
ſont lous enfans de la maiſon.
     Veni paiſans, &c.   Fin.

NOEL pour Sermoyé, fur l'air, de Léandre.

LOus habitans de Sarmoyi,
venions d'apprendre na novala,
qu'eft arevé dans leu pais,
na mere qu'eft tozor peuffala,
que lieus aporte pre préfent,
la paix & fe n'aimobl'enfant.

Maignas, no dairan l'alé vai,
& ly porté tui quoque fouze,
mai ze portere de le noai,
& ma fenna de l'aigue-rouze.
y faut creyé noutrou vaifin,
& no l'iran vai tuit anfin.

Quetés tartous voutres outo,
pre veni vai fla bal'étaila,
qu'on dait vai din lo Pontdexo,
& petétre din Pontdevaila :
fa fliarté fait on fe grand tor,

A iij

que la ne ressemble lo zor.

✳

Va dre à madama Baudron
de veni vai sla gran marveille:
possa vé Brechet & Vatron,
& leu di qui quetans leu veille,
qui venian & qu'il an preu tan
pre étre su leus arceban.

✳

Va-ten dere si Rouzebou,
si clémence &si la Picarda,
que si n'y venion po tartou,
y fairan una tro gran parda,
de ne po vai sli bal'enfan,
que lou crey'et que lous attan.

✳

Cé des Faran éran za loin,
on lou vaize dessus le sarmes,
qui paraissan su lo cemin
queman na tropa de zendarmes,
que vedran avoui lieu presén,
emporté lo cœur de l'enfan

✳

Lous habitans de Bissateu,

cé des Thebau & zan Curaffe,
ne furont po lous pe coaiteu,
y lefferivant fu la liaffe,
& y s'éffarfiront bin tant,
qui furont tar pre vai l'enfant.

Meffi Lacroai Zan & fa fœur,
& la felie de la Picarda,
en poffan vé fi liodo Cur,
zoigniront na tropa gaillada,
qu'ére tota de zoune zan,
qu'alivan adoré l'enfan.

Françai Curaffe & fon cufin,
vinciront accraitre la banda,
& Dubi & benai Peutrin,
que revenian de Sameranda,
areviron encor à tan
per adoré fli bal'enfan.

Monfe SULAU noutron Curé,
que n'a ziamé tan eu la préffa,
beti, pre lo complimenté,
tui fou be biaus habis de méffa:

se n'onslio & pi sa sereu,
l'adoriront à dous zeneu.

❀

Lo grand Vivier porte n'agné,
que n'a po mé de trai semanne,
sa fenna que lo suit de pré,
le dove man dan se metanne,
so son brai ly port'on pole,
& on boquie de sarpole.

❀

La mairia Bron & son garçon,
avoui laurence la Temossa,
ly portiron de lieu façon,
on plin tepin de bona sossa,
& cés qu'en totiron lo sai,
s'en lessiront lou quatro dai.

❀

Tui lou grou farmi des Faran,
vessiron ly faire n'uffranda,
y bailliron pre lieu présan,
u bon sain zoze n'oupelanda,
à la Vierze six gran mosseu,
& u Popon dou biau lanceu.

❀

Pont, farmi de monſe BORZON,
qu'eſt lo Govarneu de la vela,
ſy porti dou par de pinzon,
& des gru dans na brov'écuela:
ſa fenna porti on goté,
que ſain zoze veſſi toté.

Lo granzi de monſe RIVAUD,
porti dan on pani de paille,
na demi copa de pruniau,
avoui na boaite de fromaille,
ſon garçon porti pre ſa par,
on biau zambon avoui du lar

Textor, lo grou cabareti,
qu'eſt pe pré vaiſin de l'eilliſe,
porti on pole to ruti,
qui tinſi ſo noſtan la bize:
ſa fenna porti on grou pan,
de le ſoteigne & du vin blian.

pre mai ze n'ubliere ziamé,
ſan que ze vieu dan la ſarrire,
l'étaila qu'on vaize de pré,

A v

& que faife tan de lemire,
qu'on vaife noutron colombi
din lo port tan qu'u mulin-bi.

❋

Autrefai voutre villie man,
pendan qu'el'éran encor zounes,
éran bin venie vé l'enfan,
pre lieu préire & lieus armounes :
fe vo z'en veliés faire atan,
vo n'y padrai po voutron ran.

❋

Cé qu'ouffançon fli bal enfan,
y dairan mé zetté de larmes,
qui n'y a d'aigue dan lous étan,
qui n'y a de fobla fu le farmes,
encor ne fairant-y po preu,
per appaifi fli bon Seigneu.

NOEL, Sur l'air, *Or nous dites Marie.*

ON sante na novala
dans noutrous hameran
ye qu'on y vai n'étaila,
que senouze tai san.
On dit qu'una peussala
que n'a po quatorzian,
dan na pouvra cadala,
vint de faire n'enfan.

On dit que su la crouza,
lo sere bonamor,
a bin vieu n'autra souza,
quatr'heure devant zor:
Pré de la puzenire,
des Anzo santivan,
dan yon sar de lemire,
la venia de n'enfan.

Dete métro Guellomo,
u no lo porin vai?

A vi

eſt-y dan lo Rèyomo,
u bin eſt-y deſſai?
el'e dedan n'étoblo,
qu'eſt découar à maitia,
ſe pouvr'& miſeroblo,
qui vo faire pedia.

Dete no lo velozo,
u on lo pou trové,
no zin tui bon corrozo
pre l'alé adoré?
apprente de le ſlioſſe
u vié ſli Rai des Rai,
allés dans la Paroſſe,
& vo l'y troverai.

Dete no ſere Antoinno,
ne ly porté vo ran?
& que ly porterin no
pre ly faire on préſan!
ſe vo z'avai tui l'émo
de faire queman mai,
vo vo barai vo mémo
à ſli gran Rai des Rai.

Mé veſſia l'onſlio Zoquie,
que revin de lo vai,
que n'attent po à Poquie
pre faire ſon devai :
y vint za de l'Éilliſe,
d'adoré ce l'enfant,
noſtant la reda bize,
que to zel'& to fend.

Dete no don Zeromo,
ſan qu'on dit de ſl'enfan ?
ſere-t-y bin lo mémo
dont parlon tant de zan ?
ye ſai que vin ſu tarra,
ureti de Davi,
pre y faire la garra
à tui lous Renevi.

Tui cé que lo viſiton,
n'y van po brai pandan,
le Motetes ly porton
ſoquiena leu préſan :
Monin & ſa Deniſa
ly porton du pelé,

la Mairia & la Loaiſa
on plain pani d'üa fré.

La Vierze benourieuſa
lieu demandi prequai
le felie de Raiſſeuza
n'éran po tot'en paï :
Bouſſi de la Vadouta,
& la mairia Monin,
en betiron la fauta
ſu monſe Thevenin.

Lous autró que ſuiviron,
firon leu bin venia,
quan y ly préſentiron
de bona davainia.
Lo ſere mati Lopa
& la mairia Zaye,
ly portiron na copa
de paires fornaiye.

Dete no ſere Piarro,
ſe lainna Cordanni,
ne porti po du boarro

dan fon brovo pani?
el'ére plin de paire
qu'on manze dan l'evar,
qu'el'ave beté coaire
dan na flioffe de far.

Cé que venion u Templo,
lo dimance matin, (a)
baillon-t-y bon ézemplo
à cé qu'en font vaifin?
y fe laiffon conduire,
fans favai u y van,
y font dans la lemire,
& y ni vaiyon ran.

(a) Il y avoit un Temple de Calviniftes, dans
le bas de Reyffouze, qui fut démoli le onze
Novembre 1685, en conféquence de la révo-
cation de l'édit de Nantes. Le champ fur le-
quel il étoit conftruit, fut donné à l'Hôpital,
qui l'a remis dépuis, à M. C. M. JOUBERT,
Juge-Mage de Pontdevaux, qui le poffède
àpréfent. Ce champ fe nomme encore aujour-
d'hui, la terre du Temple.

On dit pre lo Velozo,
qu'i forton du païe,
qu'i porton gran damozo,
& que nion ne lou voui.
Soquion, per affuirance,
dit que Loyi lo gran,
voui dézanzi la France
de fla forta de zan.

Plaignins ces miferoblo,
que ne fairan trové
ne l'enfant ne l'étoblo,
pre veni l'adoré.
Y font tui noutrou frére,
que fe font dévoya,
hélô!bon Di, qu'en faire,
fe vo n'en ai pedia.

FIN.

NOEL, ſur l'air, *Noël pour l'amour de Marie, &c.*

VEni Maignas, veni Motetes,
veni adoré ſli gran Rai,
veni hauboais, veni muzetes,
veni ſanté d'acouta ſai.
  Veni apprendre na novala,
qu'alliegrera le bonnes zan,
de na mere vierze & peuſſala,
que vint de no faire on préſent :
betin tartou la man à l'ouvra,
& pre la mere & pre l'enfant :
el'e bin ſe bal'& ſe pouvra,
que noutron triſto cor en fand.
  Veni Maignas, &c.

Sli bio popon ne no z'aporte
que la paix, à ce qu'on no dis.
y dait no fair'uvri la porte,
per entré dans lo Paradis.
el'e dedans na villie étoblo,

u maitan de n'ono & d'on boa,
el'e encor fe miferoblo,
qui n'a po on farbon de fôa.
  Veni Maignas, &c.

Vo lo varai dedans na creiffe,
cuffia fu na punia de foin:
fan ran dre, fa mena vo preffe
pre vo faire deveni fain.
El'e pe grand que la noubleffe,
el'e to puiffan & parfait,
el'e métro de le reffaiffe,
vo varai l'état qu'el en fait.
  Veni Maignas, &c.

Lous habitans de fain Benino,
cé de Tarnan & de monrin,
Françai Ravi, fon garçon Tino,
Denis Guillemou de Curin,
avoui lo gran Liodo Buffaille,
granzi de monfe DEMONCRO,
van ly préfenté des fromaille,
des canar & des fapon gros.
  Veni Maignas, &c.

Ponce lo grifon & fa fenna,
éran dezia parti devan:
y portivan de la ferena,
des groffo & des matafan;
mais quem'el éran fans lemire,
on môtin qui ne vaifan po,
lou fit fai-bo dans la farrire,
fans lieu z'y faire d'autre mo.
  Veni Maignas, &c.

Liodo Zaqueroud & fou frere,
lous farmis de monfe BORZON,
& la mairia Ponce lieu mere,
ly portiron dou biau zambon,
de le pommes rainnetes grifes,
on pani d'ua & du pan blian,
& na dozainna de femifes
pre la Vierz'& pre fe n'enfan.
  Veni Maignas, &c.

Mais qu'étai don cela gran banda,
que fuit tote fle zan de pré?
font lous Maignas de Sameranda,
& le Felies de Nizeré,

flés des Barzi & des Varnetes,
que n'y van po lou brai pandan
elles van avoui le muzetes,
ly porté foquien'on préfan.
    Veni Maignas, &c.

Cé de la Rua & de le Granze,
y furon affe gaiyaman,
que fel'alivan en vandanze,
tant l'an d'anvia dé vai l'enfan.
N'épargnins po, pere Gueillomo,
noutron bin ne noutre n'arzan,
quand no ferins dan fon Royaumo,
no n'airan plie fauta de ran.
  Veni Maignas, &c.

Lo Diaibl'ér'en fe gran colere,
qui velie tui lous anpaffi
de vai lo popon & la mere;
mais y fauci s'alé caffi:
Sain Zoze vieu pre na potire,
qui montrive fon muzelion,
avoui on manzo de cevire,
ly bailli on bal ourelion.   Veni, &c.

Aprés fli yan revinci n'autro,
pre favai lo niom de l'enfan,
el'u biau faire l'oupeniotro,
y n'en décrevi ziamé ran :
y feci queman la femire,
qu'eft peuffé per on redo van,
y s'ali la téta premire,
calé u gran poai de Tarnan.
  Veni Maignas, &c.

Le faze felie de Raiffeuza
furont bin venie vé l'enfan,
& tota leu tropa zoyeuza,
que lo va vai de tans en tan ;
pre vo z'autro maignas de Braiffe,
que ne lo vaite po fovan,
vo faite queman Corfavaiffe,
que ne meu po quatre fai l'an.
  Veni Maignas, &c.

Vo z'airai bio faire d'uffrandes,
y ne faut po s'y abouizi,
le mailleu ne font po le grantes,
y font flé qu'on fait à laizi.

craite me, fe vo z'ai de l'émo,
alé vo z'an to dézandé,
pre préfan ly bailli vo mémo,
voutron cor per y demoré.
    Veni Maignas, &c.

    Faite queman dion lou bon livre,
ne craite po voutron dézi,
vo fairai bin mieu de lo fuivre,
que de tan omé lo plaizi :
mé vos airai de reffemblance
avoui fa granta pouvreté,
mé vos airai de recompance
avoui fai, dans l'Étarnité.
    Veni Maignas, &c.   Fin.

Noel pour Reyſſouze, ſur l'air :
Belle Bergère champêtre, &c.

Amenés voutres muzetes,
  me Motetes,
& vo, Maignas, voutrou z'auboai,
& que la tropa zoyeuza
  de Raiſſeuza,
venie adoré ſli grand Rai.

Le Motetes de Corſale,
  le ple bale,
avoui ſlé de meiregna,
furont, noſtan la gran biſe,
  vé l'éilliſe,
avoui ſoquien'on Maigna.

Quan el'uron vieu l'éroblo
  miſeroblo,
& la mere, & ſe n'enfan,
elle ne ſuron ran fére
  que de brére,

lou vaiyan fe pouvraman.

Tui lou vieu Sere parliron,
& deffiron
de ly porté des préfans,
tote le flioffe foniron,
qu'avartiron
tui lou pe reffo Paifans.

La fenna de l'onflio Piarro,
fit du boarro,
des grof'& des matafan,
fa felie fe trai feliôtre,
de le tôtre,
per aporté à l'enfan.

Lo pere à la Madelainna,
per étrainna,
commandi de ly porté
des fagots & de le brance
de Maillance,
pre lo faire bin farfé.

Tui lous-autro que vinciron,
préfentiron

présentiron
selon lieu pete mèyan:
lo Popon lieu fit la féta,
de la téta,
& d'on petie tor de man.

✳

Prequai plieure te Mairia,
dis, ma mia,
en fe bonna compani?
quand ze lo vai qui garlotte,
qui tremblotte,
ze ne m'en ferai teni.

✻

Quand ze lo vai dans la creiffe,
qui ne preiffe
qu'ona grant humilité,
ze vedrai, tan y me farme,
fondr'en larme,
pre lo povai contenté.

✳

Tui cés que vedran ly plaire,
& ly faire
on préfan qu'el omera,
n'ant qu'à fe bailli ieu mémo,

B

s'el an l'émo ,
y lou recompenfera.

FIN.

NOEL, *pour Gorvod & les environs.*

ON entent pre le Paroffes,
gringotté lous Mareli,
que fonnon totes le flioffes,
pre no faire éparpelli.

Lous habitans de Raiffeuza,
fu le cemin, dou à dou,
avoui leu tropa zoyeuza,
s'en van du flian de Garvou.

Le Motetes bin apprife,
fe teniront réveille,
& furont dedans l'Éillife,
fans faire le déffollie.

Gonar dit que nion ne vegne,
qui n'apporte fon préfan,
quan y n'aire qu'na daigne
pre préfenté à l'enfan.

B ij

Queta l'eul'et lo quemoſlio,
Bartha, ſe t'y voui allé;
mais t'és on vrai bezemoſlio,
t'omero mieu becalé.

L'onſlio Meſſi la Varcire,
Piarro Bardin & Graton,
porton des ciarzo de cire,
pre faire honeu u Popon.

Lous hauboai & le muzetes,
van pre rézoyi l'enfant,
avoui totes le Motetes,
que ly porton des préſan.

La Bartha Sardon ſe preſſe,
& la Françaiza Marci,
pre ſuivre, de gran viteſſe,
cés que ſont dezia parri.

La Lioda Gonar en plieure,
avoui la Mairia zan-zuan,
elle ne vaiyons le z'heure
de boqué ſli bal enfan.

Pre la maiteſſa d'écoula,
& Denis Moairoud Muſe,
dreubliront lieu camizoula,
p'l'amor du fre qui faize.

La Mairia Creveu s'éſſaye
d'empli ſon pete pani,
premeu qu'elle ſe balaye
de zoindre la compani.

La Loaiſa Pleſſon ſe moque
de cés que ſeran tro tar:
elle porte de le coque,
& des gotiau pre ſa par.

Françai Temporau s'approſſe
de la Liodina Bardin,
per allé à la Paroſſe,
avoui ſai & ſon cuzin.

El'ave bin dans la téta,
on autro maigna que ſai,
elle penſiv'à la féta
qu'on dave faire ſli ſai.

B iij

El'aliron tot'en trope ,
pre vai fli Dieu to pouiffan ,
& fe faire vai bian prope ,
à la mere & à l'enfan.

La villie Benaite Borze ,
& la Cila Laceli ,
bollivan à plainne gorze ,
& ne puront po failli.

Lous homo vieux & le dannes ,
ne puffiron po modé ;
mais , le mans dans leu metannes ,
demouriront pre gardé.

Pre lous Maignas que reftiront ,
queman Balan & Monin ,
avoui lous yeux le fuiviront
to lo dulon du cemin.

Lordat & la danna Mia ,
portiron pre leu préfent ,
de bons groffos de trequia ,
avoui des grûs de froment.

Y ave na se gran pressa,
que le felies de Sardon,
pendant qu'on dise la messa,
furont tot'à crepoton.

La Zona Plesson prépare
on présan de sa façon,
la Mairia Monin se pare
de son pe biau Gonaisson.

Françai, nostan la fraidera,
vessi alé avoui yeu :
el'amossi la rozera
de la casseta de peu.

Que derai-vo de l'étrainna
de la felie à ferrolie,
qu'on appale Madelainna,
elle porti on Grelie.

D'autre felie ly portiron
du boarro & des ua fré,
& de le Dannes ly firon
na seudronno de pelé

La Temporo & ſa mere,
n'aiyan po d'autro préſan,
per aidi à la Commere,
y meniront la Gran-Man.

Marci avouï ſou feliotre,
& lo granzi du Sautio,
ly portiron de le totre,
des pognons & du gotio.

Liodo ly bailli na pomma
pe grouſſa que lou dou poan,
Denis du pane de Roma,
& lo pete Piar'on cuan.

Piarro l'houto de Faiyoula,
avouï trai de ſou vaiſin,
ly portiront dans na fioula,
trai ſoupenes de bon vin.

Poulo qu'a la mena ſaze,
qu'eſt e n'enfan bin nuri,
ly porti dedans na caze,
on brov'Éſſardenoairi.

La Gran-Man & fe Motetes,
firont na gran panairia
de grof'& de galoyetes,
que fut tot'écarmailla.

La vaiva du fere Vito,
portiv'on plain pani d'üa;
mais elle fut bin fe vito,
qui furon écafoairia.

Apré una tola fracca,
elle ne pove rété;
mais l'enfant, de bona niacca,
ly deffi de lo grotté.

Elle fut fe lourieuza
d'avai grotté lo Popon,
qu'elle dit tota zoyeuza,
quoquefai molheu eft bon.

On dit pre noutron Velozo,
que le fenne de Cevreu,
ly an porté du gran fromozo,
& on plien feudron de peu.

Lóu granzi de la Feuzire,
pre craitre la compani,
avoui cés de la Burlire,
furont zoindre leu pani.

❁

Lous on poſſont la revire,
pre forci ſli Rai des Rai,
& cés de la Boſſardire
s'en van du ſlian de Boaiſſai.

Lous Farmi de la Zutanna,
apré avai preto ſliou,
ne laiſſiront qu'una danna,
& furont du ſlian de Bou.

❁

Lou Burin de la Paroſſe,
uron peu d'arevé tar,
u premi queu de la ſlioſſe,
y firont parti leu ſar.

Mons WIRON lous attendive,
aſſe bin que cés d'ouzan ;
mais nion d'ouzan n'y penſive,
y n'eut point de leu préſan.

Lou Maignas , le zounes felies,
noſtant la reda ſaiſon ,
s'en van , & laiſſont le villies
becalé dans le maiſon.

Y ne po lo to , Motetes ,
y faut qu'on dezi ardan ,
tenie voutres ames netes ,
per y recevai l'enfan.

Se vos étes bin appriſe ,
& l'omés pre deſſus tot ,
voutron cor ſera n'Éilliſe ,
que vo porterai pretot.

Enfin ſe no z'avan l'émo ,
tan que no ſain , no l'airan,
y ſe voui bailli ſai mémo ,
à tui cés que l'omeran.

y faut combatre ſu tarra ,
& y vivr'en zan de bin ,
& à la fin de la garra ,
y s'en reſſovindra bin.

NOEL pour la Parroiſſe de Boz , ſur
l'air, *Noël pour l'amour de Marie, &c.*

SANTINS Maignas , rézoiſſance ,
mais y faut que no ſantins tou ,
que veſſia lo tems d'aillegrance
pre lou bons habitans de Bou.
   Dinpi qu'on á ſu ſla novala ,
on vint de tui lous environ ,
vé lo carro de la Mortela ,
la ſavai de Monſe WIRON :
y leu parle de la naiſſance
de n'enfan plien de ſainteté ,
que vint prézi la penitence ,
pre no tui betr'en libarté.
   Santins Maignas , &c.

❂

   La pouvra mere bal'& zouna ,
n'aiyan que ſe n'hom'avoui ſai ,
eu preu pain'à poſſé la Souna ,
hier ſu le quatr'heures du ſai :
y vinciron dedan n'étoblo ,

qui troviron pre to lozi :
y paraiffan trop miferoblo,
nion ne lou veffi abarzi.
  Santins Maignas, &c.

Monfe WIRON fe mi en preffa,
pre lou recevai dignaman,
y prit to fous habi de meffa,
pre lou préfenté à l'enfan,
y ly uffri pre la paroffe,
to fan qu'el'ave de povai,
& fit fonné toté le flioffe,
pre fair'honneu à fli gran Rai.
  Santins Maignas, &c.

Le faze felies du velozo,
la Sarmon, la Coula & la Gran,
& lou maignas lou pe farvozo,
uron gran pedia de l'enfan :
el ére dans na pouvra creiffe,
cozi to nu deffu du foin,
ye en flai, Maignas, qui no preffe
pre no faire deveni fain.
  Santins Maignas, &c.

y voui recevai la vefita
de foquion en particuli,
la mairia Gran & la pierreta
fe tindran fu lo fordeli,
pendan que la zona Degranze,
la Guyenon & la Laurencin,
fairan raifonné fe louanze,
& fairan leu z'uffrand'anfin.
    Santins Maignas, &c.

Veffia benai Perrin qu'aproffe,
que vin adoré fli grand Rai,
il a peu qu'on ne ly reproffe
de n'avai po fe fon devai,
apré fai venion le muzetes,
avoui dous hauboais raviffan,
& na gran tropa de Motetes,
que venion fanté vé l'enfan.
    Santins Maignas, &c.

Quoque moqueu fe préfentiron,
pre boffonné fli bal'enfant,
lous Mareli lous avartiron
de ne po alé pe yavant,

y refufiron tui lous autro
que n'éran po de fous amis,
lous envieux, lous oupeniotro,
& tui cés qu'an des annemis.
 Santins Maignas, &c.

Cés qu'an la confcience larze,
on lous ampaffi de veni,
monfe WIRON en bailli farze
à fous dous anciens Lemeni;
fi venion avoui leu lantarna,
pre s'aproffi de fli gran Rai,
qu'on lou renvie à la tavarna,
lo Popon ne lou voui po vai.
 Santins Maignas, &c.

Marfans, fe vo veli me craire,
équetés bin fan qu'on vo di,
quetés lous marffia & le faire,
pre trofegué lo Paradi,
lo refto n'en vo po la painna,
prequai vo tormenté vo tant,
quand voutra maifon fere plainna,
vo n'en ferai po pe contant.

Lo vrai bin & le vrai reſſaiſſe
ne ſont qu'avoui lou zan de bin,
& la veritobla noublaiſſe
ſe truve dans lo bon chrétin.
Lo cemin que no davin ſuivre,
nos eſt bin montré pre l'enfan,
mé que nos aiyan preu pre vivre,
lo reſto ne no ſiar de ran.
Santins Maignas, &c.

Pretot pre le z'autre paroſſe,
de to cés que vant vai l'enfan,
y n'y en a point que s'en aproſſe,
ſans ly faire quoque préſan :
cés que ſont dans ſa binveliance,
per avai bin leu devai,
qui venian avoui confiance,
l'enfan omera de lou vai.
Santins Maignas, &c.

Se quoque péſſeu miſeroblo
vint ſulli l'enfan novio né,
lous Anzo que gardon l'étoblo,
ly fromeran la port'u né ;

fa voui s'aproffi de la creiffe,
pre vai lo bon Zézu de pré,
qu'a faiffe devan fan que preiffe
lo reveran pere REIGNIÉ.
 Santins Maignas , &c.

Soquion daire fuivre l'ézamplo
de le fazes felies de Bou,
elles fant de leu cor on templo,
qu'elles tenion tozor bian fliou :
avoui fon maudit batelozo,
lo diabl'a bio veri lator,
y ne truve point de poffozo,
per alé treublié leu z'amor.
 Santins Maignas , &c.

Vetia la maifon de plaifance,
u Dieu ne s'annoye ziamé,
y n'aire point pris de naiffance,
fi n'y ave des cor queman cé ;
& s'y vint pre faire la garra,
y ne qu'ù diabl'& à l'enfar,
y youi la paix defsu la tarra,
& la garr'avoui Lucifar.

Tui cés que vedran étre fazo,
& gogni fe n'affection,
y ne leu demande pre gazo,
qu'una bonna confeffion.
Vautai po mieu fuivre fli métro,
qu'eft fe mifericordieu,
faire fan que prézon lou Prétro,
que d'étr'à ziamé molhourieu.
    Santins Maignas, &c.

Faites tartous voutres uffrande
avoui na grand humilité;
aprés que foquion ly demande
de bin faire fa volonté:
y vo baillera la pouiffance
de fuivre fou commandemens,
& l'amor de la penitance,
pre vo faire muri contens.
    Santins Maignas, &c.

FIN.

Dialogue entre un père & ſes enfans, auxquels il explique, à ſa manière, le miſtère de l'incarnation, Sur l'air, La Lioda s'allant promeno, &c. (a)

Le Père,

QU'ÉTAI ſan que z'entan ſanté,
live te, zan, va écuté?
  le Fils continuant l'air,
péro, ze vaï lous Anzes,
que ſantons le loanzes
du créiateu de l'univar,
que vint no teri de l'enfar.

❁

 N'y a po n'heura qu'on e cuſſia,
& ſo ſeleu relui dezia :
bon Di! qu'é gran lemire,
pré de la Puzenire,
péro que ſenouze-taï ſan,

(a) Ce Noël n'eſt pas du même auteur, on l'attribue à feu Mr. DEMONTPLAISANT, Préſident à mortier au Parlement de Dijon.

dite-mé , n'en faite-vo ran ?
le Père.

Voai, zan mon garçon, ze fai bin,
écute me , & t'en fovin :
fe nos ain de la garra ,
& du mo fu la tarra ,
épi de méfliantes faifons ,
fan n'areve po fans raifons.

✻✻✻

Quan Dieu fit l'hom'à l'an premi ,
y lo beti dans fon Curti ;
mé y ly fit déffence
de toffi à na brance ,
que portive du frui bian bio ;
mé qui n'ére po pre fon no.

❋

L'hommo velie bin s'en gardé ;
mé fa fen'en vefli toté ,
& fai , de compania ,
manzi avoui fa mia :
garde te bin , zan mon garçon ,
de celés manzeu de bonbon.

✻✻✻

Y fe cafliron dézandé ,

qui cognuront d'avai mo fé ;
mais lous mo-fin qu'el éran,
furont découar ù el ertan :
Dieu deffi à cés mo-faifan,
ah! ze vos abadere bian.

Y lous faiſsi du Paradi,
& à l'enfar lou condamni :
lo pis, eſt que nos autre,
que n'ain po fe la faute,
en porterin la pot'u for,
fe no ne farvin Dieu tozor.

Mais ne no défefperin po,
ya du remed' à tui lous mo ;
queman dit noutron Prétro,
y vint on novio métro,
pre no teri de fli molheu,
qui dait faire garlé de peu.

Ye lo fi d'on Dieu to pouiffan,
que dait veni fe fair'enfan
z'ai lu fan dans on livro,
fe vieu qu'il en e bouiro :

ze fromo qu'y vint d'arrevé,
ye pre san qu'on entend santé.

le Fils.

Péro, alin don lo sorci,
y ne faut po no recussi :
betin no dans la téta
d'alé vai cela féta,
ze voai prendre me n'écotton,
mou seulé & mon gran boton.

le Père.

Z'omo ta bonna volonté,
zan, mon garçon, sanqu'est bin fé ;
mais creia don ta mére,
te sereu & ton frére,
pre mai ze gardere l'outo,
car ze ne pou pe guer'alo.

le Fils, appelant tout le monde.

Alin, y faut tui vo levé,
on meroslie vint d'arrevé,
on Dieu se vint faire homme,
pe l'amor qui nos ome,
y vint noutres daites paiyi,
alin ly don dre gran-marci.

le Père.

Mais n'allé po lou brai pendan,
que foquion-ly port'on préfan :
preni de la fairena,
qui fie de la plie fena,
pre fair'à l'enfan de le peu,
y n'y a ran, pre fai, de meilleu.

La mére de fli brovo Rai,
merete bin qu'on penfe en fai,
faut porté dequai fére,
la fop'à la commére,
tailli du pan avoui du lar,
& porté foquion voutra par.

le petit frère.

Z'ai dedan ma çaf'on cuté,
que ze voui ari ly porté,
avoui una laiyeure,
de brove bardeleure,
pre l'emmailloté propaman,
& lo teni bin faudaman.

la fœur ainée.

Mai ze barre, pre lo fanzi,
lou pié que ma gran-man me fi,

de la taïla roffeta,
pre faire na coaifeta
à la mére, & pis on bone
à l'enfant, pre veri lo fre.

la petite fœur.

Mai ze barre bin mon miton,
pr'éffeudé lous dais du Popon:
z'emplire fa panire
de cuans de ma bonire,
& pis quan y fera pe gran,
ze lo mainnere bin en fan.

FIN.

NOEL

NOEL *sur l'adoration des Rois-mages,* sur l'air, *des Pelerins de saint Jacques.*

NOs alins raconté l'hiftoaire
   de quatro Rais,
dont lo premi a fe la gloaire
   des autro trais :
pre fli nos an ain preu parlé ;
   mais lous trais autros,
on porre bin lous appalé
lous trais premis Apôtros.

Quand el'uront fu la naiffance
   de cel'enfan,
que venie betr'en delivrance
   le bonne zan,
y fe réfoluront tui trai,
   d'on gran corrozo,
de faire, pre lo veni vai,
on grand pelerenozo.

y conniaiffan, pre leu fience ;
        G

noutron Seigneu,
el'avan prédi la naiſſance
que nos ain vieu :
y ſavan to ſan qu'eſt dedan
lo décalogo,
el'éran tui trais bin ſavan,
& tui trais Aſtrologo.

y prépariront leu bagozo
delizanman,
pre fair'aprés ſan leu viozo
zoyeuzaman :
el'avan ſoquion dan leu train,
de le muzetes,
des fifro & des tamborin,
avoui dove trompetes.

y partiron de l'Arabia,
qu'eſt leu païs,
pre veni du ſlian d'Italia,
to rézoyi
de vai devan ieu, en partan,
na bal'étaila,
pre to lo cemin qui faiſan,

lieu farvi de fandaila.

Y travarfiron le montagnes,
    fans fe loffé,
le revires & le campagnes,
    fans s'arété :
y reffuron pré de Milan,
    de l'aillegraiffe,
d'apprandre que fli bal'enfan,
ére du flian de Braiffe.

Dimpi Milan y s'en vinciront
    tanqu'à Turin,
tui cés du payi lou traitiront,
    avoui lieu train :
de Turin y furon poffé
    pré de Grenoublo,
ù y furont complimanté
des Borzai & des Noublo.

Quan to leu train & leu boretes,
    furont vé Bor,
y firont fonné leu trompetes,
    & leu tambor,

cés de la vela priront peu,
    l'uront fe bala,
qui furont vé lo Govarneu,
ly en porté la novala.

Monfe d'Antremont en parfonna,
    lou vinci vai,
y fu enfanté de la mena
    de cés trai Rai,
y leu fit lo vieu compliment
    de fous ancétro,
& lou traiti royalament,
de la part de fon mérro.

Lo landeman, la bal'étaila
    lou fit trotté
fu lo cemin de Pontdevaila,
    fans s'arrété;
mais queman el'ére tozor
    loin la premire,
y la fuivront to lo zor,
à travar le farrire.

Tui lous habitans des velozo

lou velian vai,
y corrivan fu lou poffozo
de cés trai Rai,
qu'éran monté fu des cevo
émarveilloblo,
& ziamé dans lo Pontdevo,
on n'en vieu de fambloblo.

Y firon bin tant de peuffire,
qui en ave preu,
dain la piarra Matafanire,
tanqu'à Cevreu;
mais quan lo bagozo fut pré
de la Vadouta,
y manqui de lieus arrevé
una granta dérouta.

Des boa que venian de la faire
de Romené,
qu'on ave detaffia pre baire,
firont bin mé,
y s'enfoncivant bin avan
dans leu zandarme,
fi ne s'éran po fu lo fan,

défendu de lieus arme.

Quan y furont dans lo velozo,
pré de Garvou,
y firont ranzi lieu bagozo
pre leu Prévou,
que lou fit veni dou-à-dou,
tanqu'a la vela,
ù y z'arreviront tartou,
avoui la bal'étaila.

Cés de la vela lou fullivant
de vé Barmont :
lous Sindecos lous attandivant
deffus lo pont.
To lo train poffi dans lo pré
fu la revire,
& lou premi furont campé
du flian de la Varcire.

Y reffuront queman na féta
lo compliman,
de monfe GROGNET à la téta
des habitan :
y répondiront de leu mieu,

à fe n'haranga,
en faifant parlé lo pe vieu,
que fave noutra langa.

Dézandé, noftant la gran bife,
cés Rai pouiffan,
fe firon mené à l'éillife,
pre vai l'enfan :
y s'abaiffiront devant fai,
fu leu fimara,
& l'adoriront queman Rai
du ciar & de la tarra.

Y firont fonné leu trompetes
& leus hauboai,
tote le fliute & le muzetes
pre fli gran Rai :
& lo bon vieu pére Boyé,
qu'eut bin la préffa,
meni, fu l'orgo, des noyé,
pandan tota la méffa.

aprés fan y firon l'uffranda
de lieu trezor :
lo premi de na boaita rionda

bin plainna d'or,
lo fecond bailli de l'encen,
l'autro de mire,
dans de broves boaites d'arzan,
qui faize bio vai luire.

Y miron dans leus aliance
noutron Seigneu,
y redreubliront leu craiyance
pre l'avai vieu :
y ne panfiron plie à ran
qu'à leu viozo,
& à s'en torné deuffaman
devé leus armitozo.

Y firon parti leu bagozo
& to leu train,
& repriron, pre leu viozo,
n'autro cemin :
y laiffiron és Cordeli,
leu trai vezozo,
ù on vai encor azordi,
cés trai gran parfonnozo.

Ze vedrai bin betr'en paintura,

se ze povai,
lou biaus habis & la statura
   de cés trai Rai :
ù vétai sli qu'a ziamé vieu
   tant de ressaisse,
l'arzan qui porton avoui yeu
payere bin la Braisse.

Lo premi Rai ave na taille
   à vai de loin,
& desso sa cotta de maille
   des brodequin,
el'av'en guisa de sapiau,
   on sartain cosco,
ziamé on n'en vieu de se biau
dans la saison des mosco.

Lautr'ére de na tailla fena,
   mais grocieu,
on conniaisse bin à sa mena,
   qu'el ére vieu :
se vos avai vieu sli gran Rai
   avoui sa barba,
vos airai, sans dota, cru vai
la maitia de na zarba.

El'ave n'ongrelena varda
deſſu ſon cor,
ſon bone ſamblive na querda
faufelé d'or,
el'av'encor on ceinturon
d'or & de ſaiya,
avoui quatro pete ſainnon,
que tenian ſe n'épaiya.

Lo nai n'ave point de malice,
mais faize peu,
on craigne qui n'épovantiſſe
noutron Seigneu,
el'ére pretan grocieux
pre lo vezozo;
mais n'ave de blian que lous yeux,
le dan & ſon pliemozo.

El'av'encor na brov'éſſarpa
d'or & d'arzan,
& on corſe de pio de carpa
to reluiſan,
avoui on miton à la man,
de plieme bliance,
à ſe z'orelies dou pandan,

des pe biau de la France.

tui trai avan des oupelandes
catalé d'or,
ovoui des gran galon d'hollande
fu to lou bor,
lieu fauffe éran, pre la faifon,
fait'à lieu moude,
el'éran, fans comparaifon,
queman de le garoude.

On ne vaize dans leu bagozo
qu'or & arzan:
el'avan dans leus équipozo,
quatr'éléphan,
que portivan to leu zoyau
& leus étrainnes,
pré de yeu lou pe gran cevau,
femblivan de le foainnes.

FIN

Régardo soun estat ,
El fa piétat ,
Quino misèro !
Aco és pér toun pécat !
Qu'és dins la paurétat ;
Acos à tas passioûs
Quél bén libra la guerro.
Anén sans plus tarda
Toutis pér l'adoura. (bis.)

Récouneissi moun tort
Ah ! qué moun sort
Es déplourablé,
D'abé tant abusa t
Dé bosto caritat,
Ah ! per mé rendré hurous ,
Bous ets dins l'esclabatché,
Anén sans plus tarda
Toutis pér l'adoura. (bis.)